无敌钥匙奶奶：典藏版．第二季

钥匙奶奶的互动游戏

[日] 手岛悠介 著
[日] 冈本飒子 绘
林少华 译

人民东方出版传媒
People's Oriental Publishing & Media
東方出版社
The Oriental Press

图字：01-2023-2519号

图书在版编目（CIP）数据

无敌钥匙奶奶：典藏版．第二季．钥匙奶奶的互动游戏 /（日）手岛悠介著；（日）冈本飒子绘；林少华译．—北京：东方出版社，2023.10
ISBN 978-7-5207-3556-8

Ⅰ.①无…　Ⅱ.①手… ②冈… ③林…　Ⅲ.①童话—日本—现代　Ⅳ.① I313.88

中国国家版本馆 CIP 数据核字（2023）第 127515 号

无敌钥匙奶奶：典藏版．第二季
（WUDI YAOSHI NAINAI: DIANCANGBAN. DI-ER JI）

作　　者：［日］手岛悠介
绘　　者：［日］冈本飒子
译　　者：林少华
策 划 人：黄　娟
责任编辑：潘朵朵
责任审校：曾庆全　孟昭勤
出　　版：东方出版社
发　　行：人民东方出版传媒有限公司
地　　址：北京市东城区朝阳门内大街 166 号
邮　　编：100010
印　　刷：北京文昌阁彩色印刷有限责任公司
版　　次：2023 年 10 月第 1 版
印　　次：2023 年 10 月第 1 次印刷
开　　本：880 毫米 × 1230 毫米　1/32
印　　张：35.5
字　　数：200 千字
书　　号：ISBN 978-7-5207-3556-8
定　　价：240.00 元（全 10 册）
发行电话：（010）85924663　85924644　85924641

译 序

这套“无敌钥匙奶奶”系列故事，是写给小学生，尤其是低年级小学生的课外读物。一套十本。除了“钥匙奶奶”，每本出场的小学生和老师等人的名字各不相同，故事也不一样。因此，既可以作为系列故事阅读，又可视为各个相对独立的故事。

故事有很强的现实性，几乎每本都围绕儿童成长过程中时常遇到的一个问题展开。比如本来学习数一数二的孩子考试突然考了“35 分”时应该怎么办？受到老师意外严厉的不公平的批评时应该怎么办？被同学误会了而自己又很难解释时应该怎么办？遇到个别同学对刚来的转学生或者外国学生不够友好时自己应该怎么办？爸爸妈妈因为工作忙而无法给自己办生日庆祝会时应该怎么办？同学患病的弟弟相信世界上真有圣诞老人并且想在平安夜见圣诞老人时自己应该怎么办？自己养的宠物狗被坏人拐跑时应该怎么办？去外国旅行时碰上莫名其妙或者感到害怕的场景时应该怎么办?

也就是说，这十本书关乎学习，关乎爱心，关乎勇气，关乎友谊，关乎同学之间的交往，关乎师生之间的关系，关乎求知欲、好奇心和想象力，也关乎亲子之间的理解和情感。对此，书中不仅提出了令人心悦诚服的解决方案，而且故事本身不落俗套，十分引人入胜。作者以敏锐的感觉、轻灵的笔触、温馨的情思刻画出了一个个善良勇敢、蓬勃向上、生动可爱的男孩儿女孩儿形象，为儿童的成长提供了许多有益的启示。

与此同时，“无敌钥匙奶奶”系列故事还有明显的童话元素。这集中体现在“钥匙奶奶”身上。她无所不能，来去无踪，总是在“钥匙孩儿”（因父母上班不在家而自己带钥匙的孩子）最需要帮助的时候忽然出现，又忽然消失。对于孩子——当然包括非“钥匙孩儿”——钥匙奶奶既是奶奶，又是妈妈、姥姥以至所有关心下一代的成年人的化身。她慈祥、坦诚、机智、幽默，不仅在现实生活中为孩子们排忧解难，而且以丰富的知识和阅历在思想品德上言传身教，告诉孩子如何做人，激发孩子的求知欲和想象力。前面说了，钥匙奶奶是唯一贯穿十本书的主人公。她像黄昏时分绚丽的夕晖，照得每个孩子发出动人的光彩，又像夜半旅途远方的灯火，引导孩子迈出坚实的脚步。

在这个意义上，这套书可以说是非童话体裁的童话，是极具日常现实性的童话。

曾几何时，童话字里行间静静流淌的小溪，滋润着你心间刚刚萌发的幼苗；童话纸页闪烁的点点银星，引发过你无边的遐思和幻想。而同时激起的初心和人生图像，无疑是你一生最可宝贵的精神财富。而现在，网络上的图像和视频在很大程度上消解或固化了童话催生的内心视像，限制了跳跃性思维的生成和发展。

跳跃性思维关乎悟性。什么是天才，天才就是悟性好的人。即使在这个意义上，也要回归童话，回归文字阅读。说绝对些，没有文字阅读，就没有童话。

文字阅读，当然要阅读好的文字。尤其是儿童，更要阅读好的文字。这是因为，儿童的语感、语言感受力十分稚嫩、敏感和脆弱。如果经常接触不适当的语言文字，势必影响儿童语感的萌发和形成，进而影响对于语言文字的审美感觉。也就是说，语感关乎美感，而美感关乎幸福感。幸福从何而来？无须说，在温饱不成问题的前提下，更多地来自日常性审美感受和审美能力。而语言文字审美占了其中很大一部分，甚至是其他审美感受的基础。

举两个最简单的例子。早上出门碰上好天气时，想起“天朗气清，惠风和畅”的人相比于想不起来的人，肯定要高一个审美层次。同样，看见一轮明月，想起“明月几时有”，看见晚霞，想起“落霞与孤鹜齐飞”的人，肯定比想不起来或者无动于衷的人多几分幸福感。正是在这个意义上，我曾说如果一个人不懂宋词之美，那可真是赔大了、损失大了——那等于主动放弃了几乎不用花钱就能得到的幸福感、“不劳而获”的幸福感！

然而必须说，现在的儿童读物、儿童文学，好的文字、好的语言似乎不是很多。至少我接触的翻译作品，情况大体如此。可能有不算很少的作者、译者觉得反正是给小孩子看的玩意儿，何必那么较真儿！而我认为，大人看的东西倒也罢了，而给儿童看的，必须较真儿，怎么较真儿都不为过。正是出于这样的认识、这样的使命感——请别怪我狂妄——我接受了东方出版社的翻译邀请，七十岁的我得以“冒充”七八岁、十来岁的儿童来翻译这十本书。这让我重拾童心，重回童年少年岁月，那真是一种妙不可言的幸福感。

但愿无数小读者在读的过程中，也会获得妙不可言的别样幸福感。我期待着！

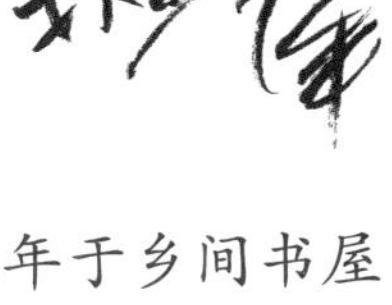

二〇二三年于乡间书屋

时九台秋高气爽花果飘香

（林少华，文学翻译家，散文家，学者，中国海洋大学教授。祖籍山东蓬莱，1952年生于吉林九台。毕业于吉林大学研究生院。曾任教于暨南大学、长崎县立大学，亦曾在东京大学从事学术研究。著有《落花之美》《为了灵魂的自由》《乡愁与良知》《高墙与鸡蛋》《雨夜灯》《异乡人》《小孤独》《林少华看村上：从〈挪威的森林〉到〈刺杀骑士团长〉》《言之无文行而不远》《林少华的文学课》。译有《挪威的森林》《海边的卡夫卡》《奇鸟行状录》《刺杀骑士团长》等村上春树系列作品，以及《心》《我是猫》《罗生门》《雪国》《金阁寺》《失乐园》《在世界中心呼唤爱》等日本名家作品凡一百余部，广为流布，影响深远。2018年以其杰出的翻译成就和对中日文化交流的贡献获日本“外务大臣奖表彰奖”。）

目录

分组风波

第三学期开学后的第一个星期六，大介他们的三年级一班重新编组，由自己决定参加哪个组。

大介第一次和阿洋一个组。阿洋和他是从秋季开始要好的。进了足球队以后，大介对开朗活泼的阿洋很有亲切感。

“阿介，能和你在一个组，太好了！”

大介对喜洋洋的阿洋说：

“还有，把幸一君也叫来这个组吧！”

阿洋歪起脑袋：

“幸一……？叫不叫他呢？如果叫他，咱们组能逃出‘白墙’魔咒吗？”

“白墙”是幸一的外号。幸一的确皮肤白白的，不爱说话。说起来，这个外号和幸一的姓“可部”① 有关。

大介没想到阿洋会说出“‘白墙’魔咒”，吃了一惊。沉默当中，第二学

---

① 译者注：日语中，“墙”和“可部”的发音相同。

期和大介、幸一同组的美雪插嘴道：

“我也觉得要考虑考虑。那个人，午餐[1]吃得慢，够让人操心的。”

的确，每次上体育课，幸一都为了不落在大家后面而拼命换穿运动服。那时候，大介或在教室里等他，或帮他穿。

教室里，大家开始按新组凑在一起。但幸一哪个组都没进，一个人呆呆坐着。

“幸一君孤零零的，让他进来吧！”大介央求说。

---

① 译者注：日本中小学由学校统一提供免费午餐。

美雪应道：“你对幸一君够关心的啊，像监护人似的。”

到了三年级大介才和幸一在一个班，两人一直在一个组。幸一的脚不太灵便，身体瘦弱，大介总是主动把他叫来自己的组。

过生日的时候，大介还请他来过家里，在交谈当中得知幸一的脚不灵便是婴儿时生病造成的，两人也一起聊过喜欢的棒球联赛。

不过，幸一只有两人单独在一起时才说话。大介没去幸一家玩过，不清楚幸一的家庭情况。

大介再次央求大家：

“哎，把幸一君算进来吧！”

“不要在乎嘛，阿介！又不可能只有你一个人照顾他。总会有哪个组要他的。”阿洋无所谓似的淡淡说道。

这时，传来森田昭男老师的声音：

“差不多定下来了吧？一个组一个组公布可好？”

“组长还没——定下来！”一个声音响起。

幸一君怎么办？大介郁闷起来。

好了，钥匙奶奶的游戏开始了。大介君往下会怎么样呢？

“毕竟是大介君的心愿，总有办法把幸一君拉进来吧？”——这么想的人请看第13页。“大介君和阿洋十分要好，完全无可奈何，就这样不了了之”——这么想的人请看第19页。

懒得多想的人请从下图的“山路”或“水路”中选一条。虽然哪一条路都要拐弯，但按照下一页的指示就可以继续行进了哟。

（第 19 页）（第 13 页）

一切顺利

大介无论如何都要和幸一在一个组。

“大家听着，咱们班只是叫幸一君的外号，绝对没人欺负他。可是，也没有人想当他的朋友，谁也不说想和他一起——不觉得幸一君会不好受吗？”

阿洋默不作声。美雪看了一眼绘里。

“阿介，你知道一位母亲说的话吗？”

“说什么来着？”

“比如上山的时候，如果有一个人腿脚慢，大家就都会慢下来，是吧？那位母亲是担心全班受拖累。”

阿洋一下子没听明白，问道：

“拖累？什么意思？你是说团体赛的时候有幸一君的组成绩会不好？还是说整个组的学习成绩都受影响？”

“两方面，无论团体赛成绩，还是全组学习。”这么回答的是绘里。

大介终于明白过来，说：

“不错，幸一君是动作缓慢。体育方面，有幸一君的组会比不过，这一点我也承认。美雪你不是也知道吗？幸一君老实，虽说不主动发言，但学习是很不错的。”

美雪没有吭声。阿洋噘起嘴说：

“比如踢足球，要想取胜，有差劲儿的选手是不好办。但班级不是一争胜负的体育队，是吧？有腿脚慢的，也有腿脚快的。这是理所当然的。我反对那位母亲。”

美雪气呼呼地瞪着阿洋：

“什么呀，刚才还管幸一叫‘白墙’来着！”

阿洋淡淡一笑：

“撤回我的说法。我知道自己的不对了。和幸一君在一起，是觉得有些麻烦，但那是不fair（公正）的。我赞成阿介的意见。”

原先和幸一在一个组的一贵说：

“我也赞成阿介。幸一不给任何人添麻烦。而且，交谈起来，人蛮好的。”

美雪和绘里也都理解了。

“好，那么去叫幸一君！”

大介他们往幸一那边走去。

这时，森田老师开口了：

“组长定下来了吧？按组公布好吗？”

疏忽了，大介他们的组，组长还没定下来。

组好像分好了。不过，这还成不了钥匙奶奶的游戏手册。好在都是好孩子，用不着我出场。读到这里的人，请走另一条路：第 19 页。

其他可能

“那么，还没定下的组，快把组长定下来！”

森田老师这么说罢，在教室里缓缓走动起来，走到幸一那里对他说：

“幸一，你进哪个组了？”

幸一默默低头不语。大介心头猛地痛了一下。

老师又问幸一：“你还哪个组都没进吗？”

幸一微微点头。老师离开幸一身边，站到大介面前：

“大介，第二学期你是幸一组的组长吧？”

“是的。”

大介垂下眼睛。

“老师很是意外。大介，这么换组，你认为是对的吗？”

老师的声音在教室里响亮地回荡开来。大家都好像在侧耳倾听。

“班上的目标是有‘爱心’这一条的，你可知道？”

“知道。”

老师的声音明显含有怒气。

“大介你忘了爱心吗？为什么不能体谅同伴的心情呢？老师本以为你是有领导素质的，知道老师想说什么吧？”

大介心里满是懊悔。但他什么也没有辩解。一旦辩解，就成了说阿洋他们的坏话。

大介在心里这样回答老师：

我是想叫幸一君来着，可是遭到了反对。老师您应该知道——我自己是不愿意说——我没少照顾他。再说，幸一君的问题不是班上所有同学的问题吗？可为什么只有我一个人受批评……？

教室里一片安静。

“为什么不吭声呢？大介，回答我！什么都可以。”

谁也不肯为大介说句什么，甚至有人脸上浮现出一丝冷笑。

大介对老师、对大家涌起一股怒火，无论如何也压不下去。他心想：既然爱心是目的，那么老师不容分说地只训斥我一个人，这算是怎么回事！不愿意把幸一君放到组里的人是怎么回事……！

事情麻烦了啊！不过认为后面大介身上肯定会发生什么好事的人，请看第 27 页。

觉得大介君是胆小怕事的人请看第 31 页。

认为他并不是胆小怕事的人，请看第 38 页。希望大介君别放在心上的人，请看第 47 页。

猜不出大介君会怎么样的人，请选择下边四条路中的任何一条。

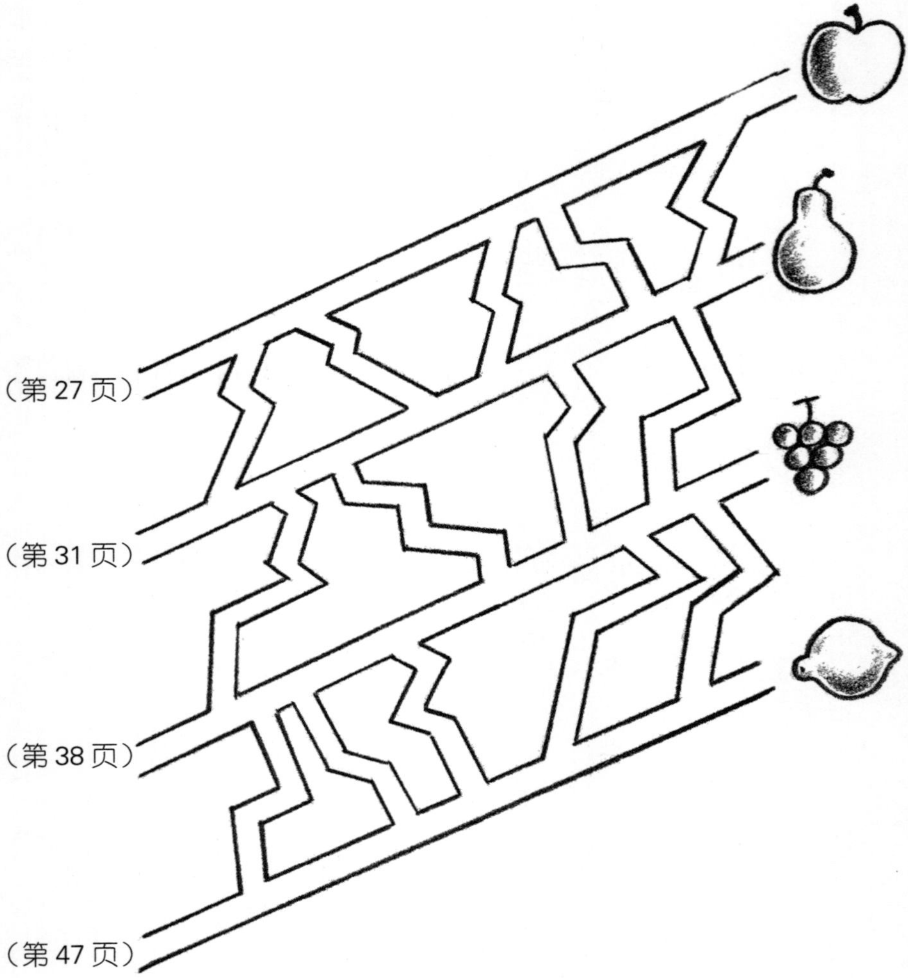
（第 27 页）
（第 31 页）
（第 38 页）
（第 47 页）

圆满结局

被老师批评的大介恨不得一吐为快，但不能那样。无论如何也不能说出对阿洋和美雪不利的话来。

这时，忸忸怩怩的阿洋站了起来。

“老师，我有话说。”

阿洋低着头说道：“听了老师的话，我觉得自己是个没有爱心的人。大介君是考虑了很多的，可我反对来着。”

阿洋抬起头来："应该受老师批评的，不是大介君，是我，请批评我好了！"

"阿洋多么有勇气啊！"大介感叹。

老师沉默了一会儿，而后静静开口了："阿洋说得好！老师很高兴。对不住大介啊！很可能说得有点儿过分，希望原谅老师！"

"老师！"美雪站了起来，"我也错了。请一起批评阿洋和我。"

"意识到了就好。那么，同学们，请继续编组。"

老师走向黑板那边。原来和幸一同在一组的一贵微微一笑：

“我去叫幸一君过来！”

像是圆满结局。可事情怕是太美妙了吧？世上到处都有让人讨厌的事、难受的事，让人心头的皱纹越来越多。那好，请返回第 25 页重新想想可好？

重新选择

大介心里难过得不行，拒绝阿洋和自己一起回家，独自跑出了学校。

一直认为对的东西——关心同学、尊重长辈、体恤老弱……大介觉得自己希望拥有的这些宝贵的东西，统统被森田老师和同学们否定了。

他打定主意：学校那种地方，绝对不再去了！

大介是钥匙孩儿。

今天是星期六，妈妈两点一过就会回来。妈妈，快回来啊！

懊恼在大介心里翻江倒海。他走进一个人也没有的黑乎乎的家里，扔下书包，打开空调。等妈妈回来的时间里，他吃了个速食碗面。

两点十分，响起开门声，大介不由得跳了起来。看着大介，妈妈有些吃惊。

“你怎么了？阿介，表情怪怪的……”

表情怪也好、什么也好都顾不得

了，他只想扑在妈妈身上大哭特哭。

“我，遇上不开心的事了……”

大介把今天编组的事一五一十说了一遍。他边说边哭，泪水从脸蛋儿上流了下来。

“那么幸一君进哪个组了？”

“进别的组了。我、我讨厌鬼学校！我想叫幸一进来，阿洋他们反对。森田老师本来知道我为幸一做了很多很多，却批评我。看见我被老师批评了，班上的同学都笑嘻嘻的。讨厌他们，全都讨厌！”

“明白了，妈妈跟老师说说。”

“没那个必要！我、我再也不上什么学了！”

大介咬紧牙关，忍住眼泪。

“森田老师好像也太缺乏理解了。妈妈很了解你的性格，一旦有同学需要帮助，你从不说个不字。我到学校好好说说去。”

“鬼学校，管它呢！”

“你说不上学，不上也行。你一点儿也不差，妈妈站在你这边。”

大介擦干眼泪，点了一下头。

喏喏，大介君会不会就这么不上学了呢？这条路是走不通的。

那么，觉得大介君也怪可怜的人，请看第 53 页。

打算重新思考大介君性格的人，请返回第 25 页，再选择一次。

不愿意思考的人，选择右边哪条路呢？

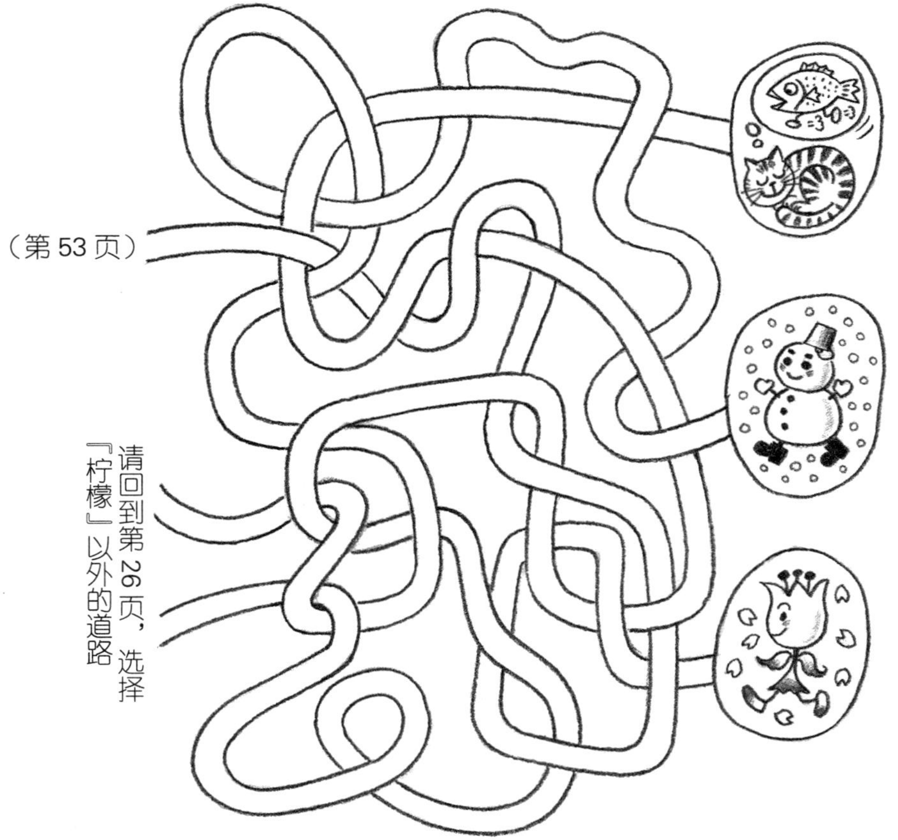
（第 53 页）
请回到第 26 页，选择『柠檬』以外的道路

意外发现

幸一最后进了大介他们的组。

但是，大介因为以前坚信的宝贵东西被摧毁了，所以心里像是破了一个大大的洞。

钥匙孩儿大介，回到家也不可能把当天的事讲给妈妈。

他想要跑去哪里！

听说站前有一座新建的名叫“太阳城”的高楼里有水族馆，就去那里看看！

他放下书包，把钱揣进衣袋，立刻出了家门。

冬日的天空像磨得十分锋利的刀刃一样闪闪发光，北风像冰一样冷，冻得耳朵疼。大介一路小跑赶到汽车站。

从太阳城快得让人头晕的电梯上下来，眼前是宽敞的瞭望台，上面有一大排望远镜。

大人小孩儿都兴致勃勃地往望远镜里看。大介从衣袋里摸出100日元①的硬币。

---

① 译者注：100日元约等于5元人民币。

往望远镜里一看，大介吓了一跳。港口的货轮近在眼前，在甲板上劳作的人的模样也看得清清楚楚，简直就像自己在船上似的。

通过海湾的白船、黑船……

他转动望远镜，从港口景致看向山麓那边，似乎见过的建筑物映入眼帘。

乖乖，是自己的学校！虽然相距好几公里，可是就连二楼三年级一班的教室都看到了。

大介感到不快，于是寻找学校左

边的自家房子。可是因为房子矮，根本找不到。

接下去，他往右边转动望远镜，心里一惊：那个人不是钥匙奶奶吗！

大介吃惊地对准镜头。像是钥匙奶奶的人身穿黑大衣，手拿粉红色伞，走在冈顶住宅区的一条林荫路上。

大介一动不动地盯着那个人，盯得眼睛都有些痛了。

没错，正是钥匙奶奶！

钥匙奶奶来到一座白色的二层楼跟前，走过院子里的草坪，从手提袋里掏出“哗啦哗啦”响的钥匙串，打开那扇白门，悄悄进去不见了。

这是谁家呢？会不会有丢了钥匙的小孩儿呢？

不管怎样，钥匙奶奶的动作可是太流畅了，就像回到自己家一样轻松自然。

房子足够时髦，院子里的树相当少见，一排窗很有格调，还竖着红砖烟囱。

这座港口城市有过去外国人住的公馆，但那座房子不是旧建筑，而是美国电影明星和有钱人住的比弗利山庄那样的漂亮房子。

那准是钥匙奶奶的房子。钥匙奶奶原来住在那样的地方！

去那座房子里看看好了！大介心想。

可是，那么漂亮的白色房子真是钥匙奶奶家不成？

就要轮到我上场了。

不过，钥匙奶奶家的房子会不会是电影明星和有钱人住的那种房子呢？

这且不说，用望远镜就能看见钥匙奶奶，这实在有些难以置信——这么想的人请看第 68 页。觉得冒一点儿险也没关系的人请看第 72 页。

什么都不愿意想的人，请走下面的动物路线好了！

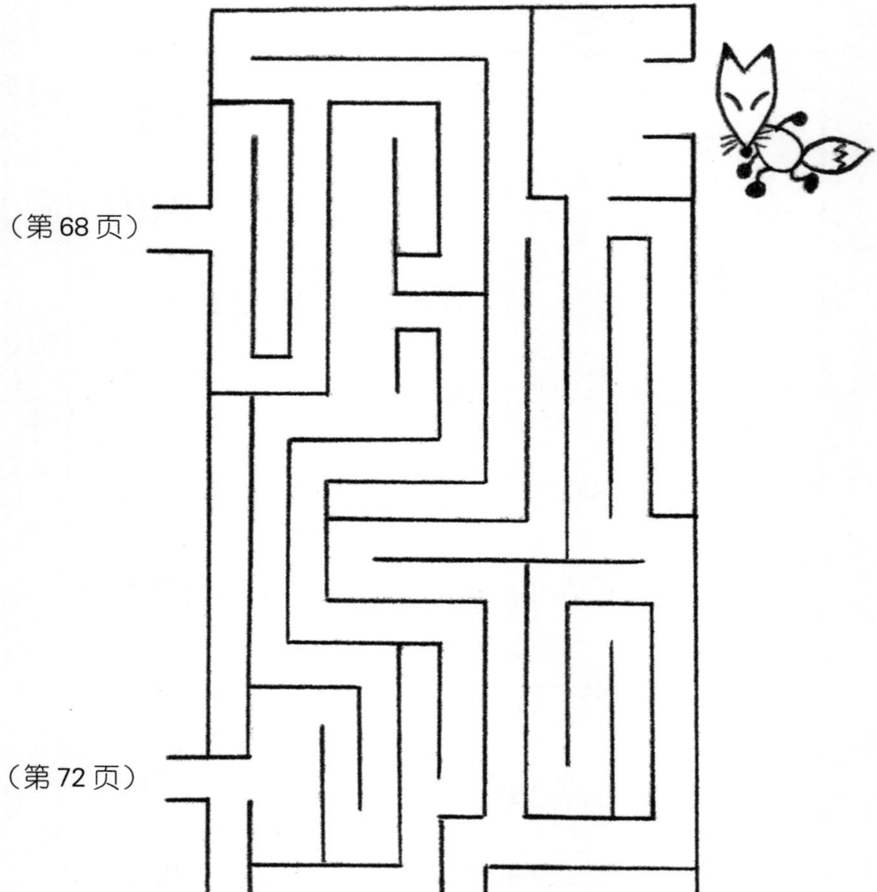
（第 68 页）
（第 72 页）

此路不通

老师也好，同学也好，统统讨厌！

那天放学回家的路上，大介忍住想大哭一场的心情，跑步回到家里。

妈妈上班不在。他用钥匙开房门的时候，忽然想起了钥匙奶奶。

这种时候要是钥匙奶奶来就好了……！

钥匙奶奶像书中插图那样，脸上带着果汁软糖般的微笑。

对了，把钥匙弄丢就可以了。这样一来，钥匙奶奶肯定会在哪里找到，然后就能出现在自己面前了！

大介把书包往门里一扔，锁上门，沿着门外的路飞奔而去。

附近有宽阔的带足球场的中央公园。他打算把钥匙藏在那里。

球场上，一、二年级的孩子们在踢球。大介东张西望寻找藏钥匙的地方。

公园大门旁边，有一株开红花的小叶山茶树。

OK，就藏在这山茶树上好了！

大介选定被花和叶子拥裹的一根树枝，把钥匙绳系在枝上。一切顺利！

之后在家等着就行。钥匙奶奶肯定

来。只要钥匙奶奶来了，老师也罢，阿洋他们也罢，就全都原谅好了。钥匙奶奶会做什么好吃的呢？唱什么歌、演什么连环画剧呢……？

大介返回自家门前，心里怦怦直跳。

这才发觉，没有钥匙！

理所当然啊，自己刚刚藏了起来。大介再次跑去公园。

这回可真是紧张了：拴在山茶树枝上的钥匙不见了。

谁拿走了呢？怎么办？进不了家

了！更严重的是，那个人若是小偷，可如何是好？啊，钥匙奶奶！

大介就像水焯菠菜一样，脸色越来越青。

大介已经被逼到这个地步，钥匙奶奶说不定真的会来。

不过，大介的钥匙怎么不见了呢？

其实，大介从公园回去后，这里来了一位老爷爷。老爷爷看山茶花的时候，发觉一把钥匙拴在一个奇怪的地方。

“怕是谁掉下的吧？只好交给警察了。”

热心的老爷爷从树枝上解下钥匙，把它交给了警察。

被这么慌里慌张的大介找去，钥匙奶奶也伤脑筋。此路不通。但大介君毕竟想起了我，所以不要返回第 25 页，作为特别安排，跟我去第 38 页好了！

豁然开朗

被森田老师批评的第二天，大介就不上学了。

妈妈跟森田老师说了，老师也反省了自己："对内心敏感的大介来说，话也许确实说重了。"

老师表示，随时欢迎大介到学校来。但是，到今天已经五天了，大介磨磨蹭蹭一拖再拖。

"老师和同学都在等你呢！"妈

妈说。

即使妈妈说，大介也没情绪上学。尽管这样，上午他还是按课程表像往常一样看书学习。

星期三晚上，大介和爸爸谈话了。

“你的心情也能理解。不过，这么在家待着，就更难上学了。凡事只要想开些，就都不是什么大事。”爸爸开导大介。

大介说：“我想转学，转去别的学校。”

“转学？那岂不是逃跑了？既然自己认为是对的，就应该理直气壮地上学去，是不是？”

于是大介像海贝一样把嘴巴闭得紧紧的。

这几天时间里，妈妈有时上班有时不上班，开始说索性辞职算了。

“阿介你就算不上学，妈妈爸爸也什么都不说。可是，既然不上学，那么就不能把你当钥匙孩儿，是吧？妈妈打算从公司辞职。”

“我一个人不要紧的，也还是在乖乖用功。我可不乐意妈妈因为我辞职。”

“我不想给公司添麻烦哟！”

“放心，我很快上学就是。”

“想上学，明天就去怎么样？”

大介突然起身，走进自己房间再不出来。

起初的心情仅仅是“不想上学”。不知不觉之间，心情变了：“本应上学却不能上”。

心在痛苦地翻滚。在教室学习、在校园里玩耍的同学形象自然而然浮现出来。有时大介也感到后悔：如果当时多说两句，也许阿洋他们就同意了……

幸一君还好吧？很想和大家一起学习、一起玩耍，可学校不能去。

小学都没毕业，长大了很难找到自己喜欢的工作。这么一想，他就感到不安，甚至有些害怕。

然而学校不能去。

星期五晚上，大介决心明天一定上学，上床前把课本装进了书包。从编组那天算起，正好一个星期。

早上，大介背起书包刚要出门，又感到一阵心烦，谁也不想见，转身折回房间。

他窗帘也没拉，想接着往下学，却学不进去，难受得想哭。

下午一点左右，门铃响了，传来妈妈喊大介的声音：

“阿介，幸一君来了，快出来！”

幸一君？什么事呢？

怎么办？大介有些犹豫，但到底想见见。他走到门口一看，背着书包的幸一笑着走了过来。

“幸一君……”

大介只说到这里就再也说不下去了。幸一是特意找来的，有些腼腆地说道：“阿介，对不起，你为了我没去上学……”

“没那回事儿，该我向你道歉才是。”

说着，大介为不上学的自己感到不好意思。

“我以前写了一首诗，写得不好，但很想给你看看，就带来了。还有阿洋的信。森田老师捎话说大家正等你去学校呢……”

大介一时无法回应，妈妈开口了：

“幸一君，门口冷，快进来！”

“没关系的。我这就回去。”

说罢，幸一从上衣口袋里掏出信来：一个白色信封，一个天蓝色信封。

天蓝色信封上写有幸一的名字。大介刚要打开，幸一制止说：

“我的不急，先看阿洋的信。”

大介打开白色信封，目光落在阿洋神气活现的字上：

分组的时候，是我不好，真心向你道歉。这个组不错。明天星期日有我出场的足球赛。一点，中央公园足球场。要是你能来看，我不知多高兴。等你！比赛，我一定加油！

致大介

阿洋

“阿洋说要当守门员。不一起去吗？”幸一露出憨厚的笑容问道。

大介心里想去，但没有应声，默默打开天蓝色信封。

漂亮的纸上写道“无题诗”：

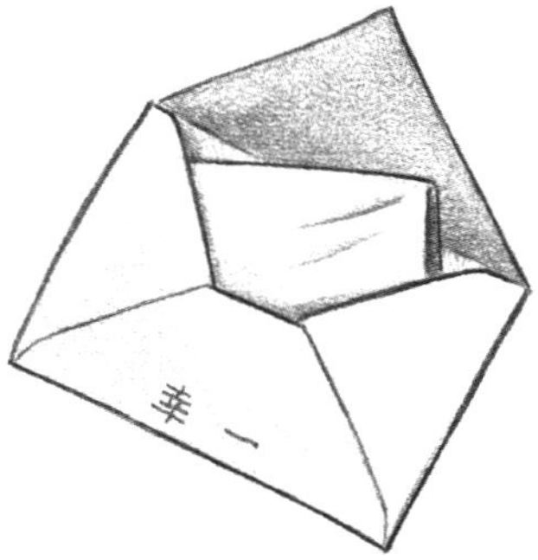

伤心？后悔？

不伤心？不后悔？

这事不要问我。

痛苦？寂寞？

不痛苦？不寂寞？

这事不要问我。

伤心什么，后悔什么！

寂寞什么，痛苦什么！

大介又看了一遍。

幸一是在怎样的情况下写这首诗的呢？想必是有什么伤心事的时候写给自己听的：伤心什么，痛苦什么！

大介觉得这首诗好像直接写出了自己眼下的痛苦。

“不伤心？不后悔？不痛苦？不寂寞？”

大介感到好像有人以窃窃私语般

的声音说给自己听。他像要从中挣脱似的下了决心：上学去！

“幸一君，明天去看阿洋的足球赛，一定去。在哪儿碰头？”

“中央公园大门口怎么样？”

“好！幸一君，谢谢你！”

大介伸出右手。幸一回握的手凉凉的，像是粘了外面的寒冷。

“那么，阿介，我回去了。阿姨，打扰了！”

“茶也没让你喝一口，幸一君，不好意思！”妈妈的声音里透出歉意。

“幸一君，我送你，等等！”

大介这么喊着，赶紧披上夹克，三步并作两步跑出门去。

太好了！大介君从“拒绝上学”中振作起来。不过，折回第25页重新选择大介君的人生方式，那也是蛮好的哟！

无功而返

从望远镜移开眼睛，大介忽然心想：钥匙奶奶真有其人不成？会不会是自己看书看过头了呢？会不会是因为自己受伤的心寻求安慰而引起了钥匙奶奶幻觉？

大介从衣袋里掏出 100 日元的硬币，再次往望远镜里窥看。他想重新看看钥匙奶奶家的房子——那座漂亮的白房子。

似曾相识的白色二层楼很快看见

了。可是，院里的草坪也好，可爱的凸窗也好，红砖烟囱也好，全都不见了。出现的是一座普普通通的白房子。

我想什么来着？无论钥匙奶奶，还是钥匙奶奶家的房子，难道都是眼睛的错觉或者幻象不成……？

大介心情有些苦涩，不知是伤心还是失望。正当他要移开眼睛的时候，那座房子的门开了，一位女士走了出来——胖胖的，身穿黑大衣，拉着一个女孩儿的手。这位女士的体形和钥匙奶奶一模一样。

然而完全是另一个人，只是相像罢了。

看错人了，不是钥匙奶奶。

大介没了情绪，像瘪了的气球一般无奈地叹了口气。水族馆在瞭望台一楼。怎么办呢？大介一边想着，一边摇摇晃晃朝电梯那边走去。

此路不通。这么无精打采，好事哪里会找到头上！考虑事情必须乐观开朗才行。那么，关于另一条路，请看下面的第 72 页。

悬念又起

大介细细观察望远镜里的景致，牢牢锁定了钥匙奶奶房子的方位。

有住宅小区的冈顶位于学校的右边。虽然没有去过，但好像离学校不是很远。

若坐公共汽车，大约是在学校这站前面的第二站或第三站那里。大介的家位于学校的前一站。

原来钥匙奶奶住得这么近！

大介乘电梯到一楼下来，跳上公共汽车。心里差点儿欢呼雀跃，就好像拿到了一小片万能彩虹似的。

即使看《无敌钥匙奶奶》系列故事，也没有发现钥匙奶奶住在哪里、住怎样的房子、过怎样的生活。而现在找到了谁也不知道的钥匙奶奶的秘密房子。如果自己按下门铃，出来的钥匙奶奶会是怎样的表情呢？

“大介君，欢迎欢迎！”钥匙奶奶肯定露出冰淇淋般甜甜的笑脸，张开双手欢迎我。

大介一路这么想着，按计划在学校前两站的汽车站下来。

虽然被冷风吹乱了头发，但大介两眼熠熠生辉地爬上坡路。回头一看，太阳城大楼已经很远了。的确是在这附近。

他看准的目标——红顶钟楼出现了。紧挨着的是一条排列着樱花树的路，钥匙奶奶家的房子应该就在那里。

大介来到樱花树下。想必有幸运之神相助，四五座房子前面，出现了那座白色二层楼。

大介沿着人行道大步跑了起来，跑到钥匙奶奶的房前停住。就要见到

钥匙奶奶了！忽然，大介开始一下下眨巴眼睛。有点儿不对头啊！

红砖烟囱的确是有的，可是，明明通过望远镜看见的院子里别致的树不见了，白色的凸窗也是常见的那种。

美国比弗利山庄那样的时髦公馆，变成了日本商品住宅区最常见的楼房。

人行道和草坪之间有砖砌的花坛来代替围墙，一个邮筒立在那里。

这房子不是钥匙奶奶的房子。可就在这附近啊！

大介无意中看了一眼邮箱，吃

了一惊：上面写的是“可部”。

和幸一君同一个姓。但不会是幸一君的家吧？这一带说不定是学校走读[①]区，但这么远，能走读吗？

这时，有人叫大介的名字。大介不由得回头一看，心头一震。

① 编者注：日本小学采取“就近入学”原则，根据日本法规，对于学生走读的距离有限制规定。

大介君被谁叫住了？这可是大介君再努力也避免不了的“命运”那样的东西，只能接受。从右边的“太阳路”和“月亮路”中任选一条吧。

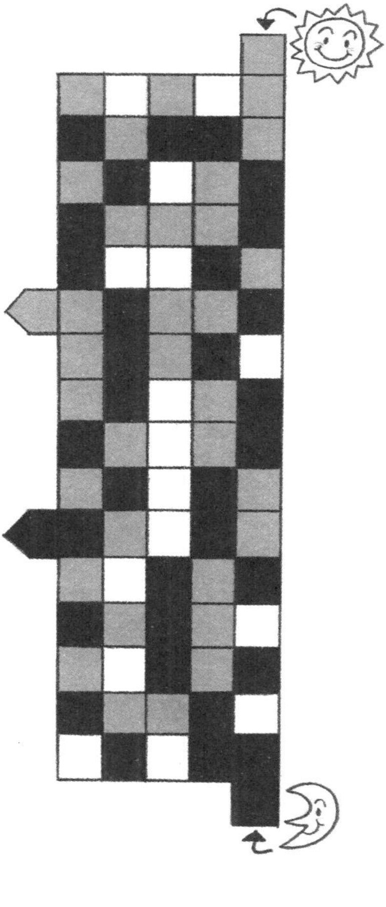

（第88页）就这样继续读下去吧

峰回路转

“啊，老师……”

居然是森田老师！看见微笑着走来的森田老师，大介身体僵硬起来。

“大介，到幸一家玩来了？”

“幸一家？这是幸一君的家？”大介情不自禁地反问。

“怎么搞的，不知道？那你怎么跑来这个地方了？”

大介努力镇静下来，回答说：

“找一个住在这一带的人，那房子和这座差不多。没想到是幸一家……”

“老师来是因为有事找幸一。原来你不知道幸一家。唔，碰巧了！”

老师笑着看了一眼手表。

“好在碰巧了。大介，有句话要跟你说。本想星期一说……不过也就说两三分钟。”

说什么呢？大介一阵紧张。

“边走边说吧！”

老师甩动风衣走了起来。

“今天下课，阿洋到教师办公室来

了，坦率地说反对找幸一的是他。阿洋是个好说好动的诚实孩子，估计是出于偶然的原因反对的。他情绪十分低落，一再说是自己不好。所以，老师我……”

老师停住看着大介。

“像是把你批评过头了。明明知道你对幸一很好，却因为看见幸一孤单单的样子，忍不住发了脾气。”

大介不由得看着老师。老师默默站着不动，之后又开始迈步。

“老师是想让大家思考结交伙伴的重要性，结果却只责怪了你一个人，觉得对不起你。”

老师说了“对不起”。大介心里一热。森田老师到底是可亲可敬的一视同仁的老师。大介感到一阵欣喜。

“能理解老师吗？”

大介使劲儿点了下头，说道：

“老师，洋君是我想的那样的人。这让我很高兴。”

森田老师笑着把手放在大介肩上。

“有各种各样的孩子，每一个都有优点，老师险些忘了这一点。……那么，大介……分组的事就劳你出力了！”

老师轻轻扬了一下手，朝幸一家那边走去。

大介在心中叫道：

钥匙奶奶，我明白了！钥匙奶奶出现在望远镜的那一边，是为了让我和森田老师相见。谢谢了，钥匙奶奶！

“谢谢了，钥匙奶奶”——大介君也说了让我高兴的话啊！这可真是可喜可贺。不过嘛，还有一条路要“攀登”。钥匙奶奶也要出场的。请翻开第 88 页。

皆大欢喜

站在那里的，竟然是钥匙奶奶。

"啊，钥匙奶奶！"大介低声叫道。

"初次见面，大介君……"

钥匙奶奶脸上浮现出亲切的微笑，那是仿佛可以包容一切的笑容。

"大介君在望远镜中找见的，的确是我本人。但我家的房子不在这样的地方。这是你的同学幸一的家。因为幸一君太孤单了，我就想来看看他。

结果好像被你用望远镜看见了。是吧？”

大介觉得奇怪，问道：

“那幸一君现在一个人在这里面？”

“正是。正等你呢，和墨西哥风味餐一起。”

“和墨西哥风味餐一起，是什么意思？”

“墨西哥餐还没做好，我就慌忙跑出来叫你。吃我做的风味餐的，会是谁呢？好了，快进来吧！”

回过神一看，钥匙奶奶果然扎着围裙。跟在钥匙奶奶后面的大介，沉浸在幸福之中。能见到幸一，还能吃到墨西哥餐，这是有生以来头一次。

门开了，探出脸的，正是幸一。

“阿介，来得正好，等你呢！”

幸一笑逐颜开，白白的脸蛋儿变得红扑扑的。

大介脱鞋进去，被领进好漂亮的餐厅。

幸一说：“阿介，今天因为我受到老师的批评，对不起啊！你早早回去后，阿洋和美雪来我这里道歉，说自己不好。”

“道歉？那两个人……”

“嗯。可是，不好的是我。动作慢慢腾腾，总给大家添麻烦。”

“没那回事儿！你很努力，是说三道四的人不好。”

手拿鳄梨的钥匙奶奶微笑着说：

“你俩好像有很多话要说，我接着做吃的去。要用这个鳄梨做个少见的汤！”

吧台式的厨房里，电磁炉上面的大锅冒着热气。幸一兴奋地说：“沙发上坐，阿介。虽说我不是钥匙孩儿，只是在家看家，但钥匙奶奶还是来了。而且，钥匙奶奶早就知道你会来的。”

钥匙奶奶朝大介使了个眼色。

“有个人像寻找星星一样用望远镜寻找钥匙奶奶的家。多了不起啊！是不是？大介。”

“那是怎么回事？”

幸一显得莫名其妙。钥匙奶奶若无其事地切着鳄梨，边切边说：“幸一君，还有一件重要的事没跟大介说吧？”

“嗯。可也真是奇怪啊，我的事为什么钥匙奶奶无所不知呢？”

“因为我是钥匙奶奶嘛！幸一君脸上写得一清二楚。”

说着，钥匙奶奶从电烤箱里取出像是葡萄柚的东西。

“这是墨西哥面包，用玉米面烤的。不过，我就不搭话了，幸一君，你接着说。”

幸一点了下头，回头看大介。

“今天重新分完组，老师讲话来着。老师说他有个听力不太好的男孩儿，现在要上学，不知上普通学校好，还是上特殊学校好，为此感到纠结。还说正纠结的时候看见我孤单单的样子，禁不住批评了阿介。老师说他认为大介会理解的。大介是个体贴人的孩子，往后也要和他好好相处！”

“是吗？我一点儿都不知道。”

实际上大介也很意外，同时又感到高兴，高兴的是老师是那么信任自己。不过，他真不知道老师有个那样的男孩儿。

幸一说：“我庆幸自己上了普通学

校。毕竟和阿介成了好朋友。阿介，等一下，我取东西来。”

幸一拖着右腿爬上二楼。

摆好饭菜的钥匙奶奶看着大介说：

“大介君，没有痛苦的人，这世界上一个也没有。所以，大家一定要互相帮助才行。重新分组的不愉快，已经忘掉了吧？”

大介点了一下头。钥匙奶奶眯细眼睛说：

“太好了，大介君……”

幸一手拿一个小足球折了回来。

“阿介，喏，这是你喜欢的横滨西加尔斯队的贝尔加选手签名的球。伯伯给我的，送给你！”

大介露出难以置信的神情，把球接在手里。

“真的！贝尔加选手的签名球！这样的宝

贝，我真可以要的吗？”

“可以！我肯定还会有的。”

“真的？太高兴了，感觉就像进了球似的。谢谢！”

钥匙奶奶声音欢快地招呼两人：

“幸一君、大介君，饭菜摆好了哟，快来！钥匙奶奶拿手的墨西哥风味，使劲儿吃、多吃！”

两人赶紧走到餐桌旁边，一屁股坐在椅子上。桌上摆满了一堆好吃的东西。

“这叫塔可，把肉片、西红柿、奶

酪夹进玉米饼里做的，要浇上辣椒和洋葱汁来吃。辣味已经去掉一些了，不怕的。”

把塔可往口里一放，麻酥酥的辣味满口扩展开来。可是很好吃。

“这是鳄梨和鸡肉汤。鳄梨很好吃的哟！”切成一圈圈的酸橙发出扑鼻的清香，汤好喝得不得了。鳄梨也变软了，让人满心欢喜。

钥匙奶奶继续开心地往下介绍：

“这是墨西哥煎蛋。里面有西红柿、柠檬、青椒吧？这是柠檬虾。这是平安夜给小孩子做的水果沙拉。橙子和菠萝很够味儿的，尝尝！”

两人狼吞虎咽地吃了起来，塔可、煎蛋、柠檬虾、鳄梨汤、水果沙拉，连吃带喝，舌尖麻酥酥的，辣得大口大口呼气。

钥匙奶奶从黑色手提袋里拿出老式吉他。这么大的东西是怎么装进去的呢？好一个神奇的手提袋。

“好了，唱歌时间好像到了。‘麻雀、麻雀，妈妈去哪儿了’，——知道这首美国民歌吧？

“我用那个曲调即兴唱一首‘钥匙奶奶的家’可好？”

钥匙奶奶砰砰弹了两下吉他，然后唱了起来：

钥匙奶奶　钥匙奶奶　你的家在哪儿

砰砰嚓　砰砰嚓　砰砰嚓　我的家在这儿

钥匙孩儿　快来啊　给你做好吃的

塔可、鳄梨汤、水果沙拉

又香又辣　墨西哥风味　又香又辣

大介和幸一忍不住笑了。吃着又辣又香的美味，听着又奇怪又开心的歌儿，他俩的肚皮撑得圆圆的。

钥匙奶奶又开始唱自己胡编的第二支歌：

钥匙奶奶　钥匙奶奶　你的家在哪儿

钥匙孩儿　钥匙丢了

钥匙奶奶　糟啦糟啦……

这么开心的时光，要是永远不会结束该有多好，大介和幸一心里想道。

可喜可贺！钥匙奶奶的游戏这就完了。不过，要是没有经历第 80 页“峰回路转”剧情的人，一定要去体验一下。辛苦了！

后记

这本是《无敌钥匙奶奶》系列故事的第十五本，我下决心改变了一下风格。

也许有人觉得书中游戏是跟风电视游戏，其实不是那样的。

有个词语叫做“人生的歧路”。的确，我们每天都处于“歧路”。如此这般、这般如此——通过选择和决定自己往下的行动来编织各自的人生。而且，就像说“历史没有if（如果）”一样，人生一旦选定，即使后来悔不当初，也不可能原路返回。

然而，随心所欲的自我意识，又总是想把人生的所有可能性掌握在自己手中。人，就是在空想中展开丰富多彩的人生。

能不能把这种人生可能性的“树形”写成一本书呢？这么异想天开，是在我还是学生的时候。过去我也尝试作为童话写过，但电视游戏的出现使我失去了写作的意愿。这是我的真实心情。

至于这有难度的写作究竟完成得怎么样，我本身也无从判断。但是能把这一设想加进《无敌钥匙奶奶》系列故事中的一本，我为此深感欣慰。

另外，“教师对儿童的叱责”那部分，素材取自《孩子们口中的“拒绝上学”》（世织书房）。这是个很不好写的主题，但我认为老师的一句话给予孩子的影响，实在是无法估量的。

手岛悠介